U0734789

阿万纪美子 奇思妙想系列

海兔来的那天

[日]阿万纪美子◎著　[日]南塚直子◎绘　彭　懿　周龙梅◎译

C7S
PUBLISHING & MEDIA

湖南少年儿童出版社
HUNAN JUVENILE & CHILDREN'S PUBLISHING HOUSE
·长沙·

小博集

最近这段时间，嫩叶小区的孩子们都在玩跳绳。

可是我不行，怎么也跳不好。

为什么大家都跳得那么好呢？

弟弟明夫比我还小两岁，但他也跳得非常好。

"姐姐，你往里面跑的时候太慢了，要趁绳子还没摇到这边的时候赶快跑进去。你看，就是这样。"

他一边说，一边像只兔子似的跳给我看。

昨天，和大家一起跳"大浪来，小浪退"的时候也是这样，因为跳不好，所以我一直在摇绳。

　　等轮到我时，好不容易跳起来了，右脚却被绳子绊住，摔倒了。

　　"姐姐你不要紧吧？"

　　我赶紧爬起来，回头一看，明夫的脸臊得跟西红柿一样，通红通红。

　　他肯定特别难为情。

今天是星期三，是去看牙的日子。

回来时经过小区广场一看，大家又在玩跳绳呢。

幸子、小信拿着绳子两头，一边摇，一边唱着歌。

大浪来 小浪退　　骨碌碌 转一圈　　猫眼睛

小悦、洋洋、秋子，还有明夫，都像兔子一样，欢快地跳着，看上去开心极了。骨碌碌，骨碌碌，绳子转了一圈又一圈，他们笑着，跳着。

大浪来 小浪退　　骨碌碌 转一圈　　猫眼睛

大浪来 小浪退　　骨碌碌 转一圈　　……

我很想说"带上我吧"，但是我没有说出口。我没有勇气说出口。

因为我跳得太糟糕了。

我躲在栗子树后面看大家跳绳，看了一会儿，就悄悄地穿过广场，顺着边上的那条路走了。

我顺着神社后面的一条路，朝海边走去。

听过这么多遍"大浪来，小浪退"，我想去看看真正的大浪和小浪。

穿过宽阔的国道，是一座长满绿草的高高的堤坝。

　　爬上堤坝，蓝色的大海一望无边。

　　海风，海的味道。

　　好蓝啊。

　　天空是蓝色的，大海也是蓝色的，就连将大海和天空隔开的水平线，也都是蓝色的。

　　"你好。"

　　我跟大海打了一个招呼。

　　然后，深呼吸三次，朝坡下走去。

这里一个人也没有。

正好是涨潮的时候，沙滩比往常显得要窄一些。

我在一片小草丛里坐了下来。

海鸥，一、二、三、四只。

是朋友，还是家人？

海浪打来，浪花像白色的蕾丝带一样，在沙滩上缓缓展开。

扑通，扑通，哗啦。

扑通，扑通，哗啦。

涨潮时的波浪声，如同吃饱后听到的摇篮曲。

被大海的味道拥抱着，我整个人像飘起来一样，开始发困……

脑袋重重地晃了一下，我连忙揉了揉眼睛。

哎？好热闹啊。

说话声、笑声、呼喊声，还有跳绳时的歌声重叠在一起，传了过来。

大浪来 小浪退 　骨碌碌 转一圈 　　兔眼睛

骨碌碌 转一圈 　兔眼睛 ……

兔眼睛？

哎呀！兔子！真的是兔子！

我吓了一跳。

雪白的兔子正在沙滩上跳绳呢，大概有十四五只吧。那根蓝色的绳子，像大海的颜色一样漂亮。

兔子们全是一副开心的模样。不光是跳绳的兔子，就连排队等候的兔子，也都在跳个不停。

不过，我发现有一只小兔子显得惴惴不安。只见它瞪大了眼睛，两手一会儿握在胸前，一会儿又松开。

它怎么了？

就在我担心的时候，轮到它跳了。

大浪来 小浪退　大浪来 小浪退

我明白了，这只小兔子不会跳绳。

兔子们又慢慢地唱了起来。

大浪来 小浪退　大浪来 小浪退

站在摇动的绳子面前，这只小兔子身体僵硬，一动都不动。最后，它终于一脸愧疚地低下头，去摇绳了。

大浪来 小浪退　骨碌碌 转一圈　兔眼睛

兔子们一个接一个地跳了过去。

还是兔子跳得好啊，我看入迷了。

哎哟，一只兔子被绳子绊住了。如果再有一只兔子被绊倒的话，就该轮到那只小兔子跳了。

我好担心。

因为每当我摇绳的时候，我总是想，我要是能一直摇下去就好了。

这时，一只兔子被绊住了。它站到了队尾。

终于该换人了。

那只小兔子还是显得惴惴不安。只见它瞪大了眼睛，两手一会儿握在胸前，一会儿又松开。

这回一定要加油啊！

我的心怦怦直跳。

轮到它跳了。

大浪来 *小浪退*

没跳起来。

大浪来 *小浪退*

还是没跳起来。

那只小兔子，终于垂下了头。

我忍不住大声喊了起来：

"加油啊！"

周围顿时安静了下来，兔子们都不动了。然后，它们好像在寻找什么似的，朝四周看去。

不一会儿，有一只兔子转过头来，又有一只兔子转过头来。接着，第三只、第四只、第五只兔子转过头来。

兔子们默默地看着我。

我脸红着站了起来，难为情地说：

"你们好。"

这时，一只个子最高的兔子走了出来，眨巴着圆圆的眼睛说：

"那个，你能看到我们吗？"

我愣住了。

"能啊，我能看到。"

"也能听到我们的声音吗？"

"当然能听到了。"

我担心地问：

"能看到不好吗？"

接着，我又问了一句：

"能听到不好吗？"

高个子兔子脸上笑开了花：

"没什么不好的哟。"

于是，后面的兔子们也跟着笑了起来。一边笑，一边互相挤到一起跳了起来，然后七嘴八舌地说：

"没什么不好的哟。"

"就是吓了一跳。"

"因为以前谁也看不到。"

"因为以前谁也听不到。"

"所以，我们好开心哟。"

"所以，我们好高兴哟。"

后来，兔子们都跑到我的身边，吵
吵嚷嚷地说：
　　"那我们一起玩吧。"
　　"玩跳绳。"
　　"一起玩吧。"
　　我高兴得直跳，嚷着说：
　　"一起跳，一起跳。"

但是我很快就泄气了，因为我又想起了自己不会跳绳的事。

我站住了，说：

"不行。我跳不了。"

"哎？为什么？"

兔子们问。

"那个，因为我跳不好。往里面跑的时候，总是被绊住。所以，我特别能理解那只小兔子的心情，心怦怦直跳，所以才说让它加油的。"

我的鼻子有点儿发酸。

这时，不知是谁，轻轻地握住了我的手。

一只又软又湿的手。

我一看，原来是那只小兔子。它睁大了眼睛，好像很担心的样子，正抬头望着我呢。

然后，它用很小的声音说：

"一起跳，我们一起跳吧。"

"哎？一起跳？"

"对。咱俩手拉着手，一起加油。"

我轻轻地点了点头。

周围的兔子们立刻都哇的一声拍手欢呼起来。

　　"太好了。"

　　"太好了。"

　　"太好了。"

　　然后，它们就跳着转圈，骨碌碌打滚，一边笑，一边互相挤到一起，开心得不行。真是一群奇特的兔子，一群奇妙的兔子。

开始跳了。

我和那只小兔子手拉手排在队伍的后面。

很快就轮到我们了。

"沉住气。"

"嗯，不慌。"

我俩互相点了点头。

像大海颜色的绳子开始摇动了，周围的兔子们叫着为我们助威。

"大浪来，小浪退，跳！"

"大浪来，小浪退，跳！"

我们跑了进去。

刚跑进去，绳子就转着大圈摇了起来。

骨碌碌 转一圈 兔眼睛

骨碌碌 转一圈 兔眼睛

成功了。

后来，我们一边开心地笑着，一边和大家一起跳啊，跳啊。

"姐姐——！"

是明夫的声音。

"丽丽——丽丽——！"

是小悦他们的声音。

我回头一看，在小区广场上玩的孩子们，都站在堤坝上呢。

"我们找你半天了！"

"大家都担心你呢！"

哎呀，大家在找我，为我担心呢。

我惊喜地招了招手。

明夫和小悦他们一边招手，一边冲了下来。

"这是我弟弟，这是我的朋友们。他们跳绳跳得可好了……"

我刚给兔子们介绍了几句，突然就屏住了呼吸。

一只兔子也没有了。

　　明亮的金色沙滩上，只有我一个人。

　　兔子们都跑到哪里去了？

　　在退潮的波浪声中，我似乎听到了笑声，我连忙朝大海望去。

　　在那儿呢！

　　乘着退潮的蓝色海浪，雪白的兔子们纷纷向远处跑去。转眼间，它们就变得很小很小，消失到蓝色的水平线里了。

"我们在这里玩跳绳吧。"

洋洋的声音从身后传了过来。

"嗯，玩吧，玩吧。"

"姐姐——快过来啊！"

明夫在叫我呢。

我转过头，大声地对大家说：

"也带我玩吧！"

然后，就一口气朝他们跑去。

著作权合同登记号：图字 18-2023-027

图书在版编目（CIP）数据

海兔来的那天 / （日）阿万纪美子著 ；（日）南塚直
子绘 ；彭懿，周龙梅译 . -- 长沙：湖南少年儿童出版
社，2023.5
（阿万纪美子奇思妙想系列）
ISBN 978-7-5562-7025-5

Ⅰ . ①海… Ⅱ . ①阿… ②南… ③彭… ④周… Ⅲ .
①儿童故事-图画故事-日本-现代 Ⅳ . ① I313.85

中国国家版本馆 CIP 数据核字 (2023) 第 054544 号

AWAN JIMEIZI QISI-MIAOXIANG XILIE HAITU LAI DE NA TIAN

阿万纪美子 奇思妙想系列 海兔来的那天

[日]阿万纪美子◎著　[日]南塚直子◎绘　彭 懿　周龙梅◎译

责任编辑：张 新 李 炜　　　　　策划出品：李 炜 张苗苗
策划编辑：王 伟　　　　　　　　特约编辑：安玉茹
营销编辑：付 佳 杨 朔 付聪颖 周 然　版权支持：金 哲
封面设计：马俊赢　　　　　　　　版式排版：马俊赢

出 版 人：刘星保
出　　版：湖南少年儿童出版社
地　　址：湖南省长沙市晚报大道 89 号
邮　　编：410016
电　　话：0731-82196320
常年法律顾问：湖南崇民律师事务所 柳成柱律师
经　　销：新华书店
开　　本：889mm×1194mm　1/20
字　　数：18 千字
版　　次：2023 年 5 月第 1 版
书　　号：ISBN 978-7-5562-7025-5
印　　刷：北京尚唐印刷包装有限公司
印　　张：2
印　　次：2023 年 5 月第 1 次印刷
定　　价：39.80 元

若有质量问题，请致电质量监督电话：010-59096394　团购电话：010-59320018

阿万纪美子

日本知名儿童文学作家。她是迄今获得日本国内文学奖项最多的作家之一，同时也是作品入选日本小学语文教材最多的作家。她的作品充满了各种奇思妙想，孩子正是在这样温暖、善良的幻想中获得了成长的力量。

南塚直子

日本知名插画家。作品曾获红鸟插画奖、绘本日本奖等奖项。